자유를 꿈꾸는 나비

자유를 꿈꾸는 나비

펴낸날 2024년 3월 29일

지은이 엄현국
펴낸이 주계수 | **편집책임** 이슬기 | **꾸민이** 최송아

펴낸곳 밥북 | **출판등록** 제 2014-000085 호
주소 서울시 마포구 양화로7길 47 상훈빌딩 2층
전화 02-6925-0370 | **팩스** 02-6925-0380
홈페이지 www.bobbook.co.kr | **이메일** bobbook@hanmail.net

ISBN 979-11-7223-013-5 (03810)

P.S 미래시선 4

자유를 꿈꾸는 나비

엄현국 시집

시인의 말

부활한 세상을 위해, 슬픔을 위로하는 나비가 되고 싶다

한때는 그랬다.
꿈도 욕망도 사랑도 마음만 먹으면
모든 것을 다 이루는 듯했다.

그게 행복인 줄로 알았지만, 나는 불행했다.
방황했고, 방탕했다.
나를 잡아줄 무엇인가를 찾아 헤맸지만,
나는 홀로 서야만 했다.

지치고 힘들고 죽을 만큼 아팠지만,
애써 나를 다독이며 울분을 삼켜야 했다.
나는 나를 이길 수 없었고,
나를 더 이상 사랑할 수도 없게 되었다.
나를 놓아 버리는 것이 차라리 편했다.

나는 암흑의 세계로 빠져 버렸다.

암울한 시절 인고의 시간을 보내며 날이면 날마다
동이 트지 않기를 기도했지만,
붉은 태양은 어김없이 나를 다시금 일으켜 세웠다.
그건 지옥이었다.

무엇 하나 내 뜻대로 이룰 수 없는 막장 불구덩이에서
나는 시를 그려 보았다.
고통을 이겨 보려는 진통제였다.

따사로운 아침 햇살이 그리워지기 시작했다.
이슬처럼 맺히기 시작했던 희망의 씨앗이
심연의 내 가슴속에 용광로처럼 싹트기 시작했다.

어느 순간, 나는 광명을 찾았다.
그리움에 사무쳤던 마음을 실타래처럼 풀어보니
한 편의 시가 되었다.

그리고 나는 부활했다.
부활한 세상은 행복하다.

수많은 세월,
아직도 어둠 속에서 고통과 슬픔 속에 괴로워하고 있을
그 누군가에게는 작은 위로가 되고,
누군가에겐 희망의 씨앗이 싹트길 기원하며
세상의 모든 아픈 이들에게 이 글을 바친다.

2024년 봄,

엄현국

차 례

제3부 오늘 같은 날이면

제4부 멍에

제 1 부

천 년의 하루

시詩

시가 떠도는 하늘엔
슬픔이 잔뜩 웅크리고 있습니다

슬픔은 햇빛을 외면합니다
고독은 별빛을 외면합니다

외로운 새가
희망을 쪼아 먹습니다

봄이 오면
산과 들에 피어나는 그리-움으로
연둣빛 시詩가 돋아납니다

별의 온도를 잰다

요즘, 매일 코피가 난다
새벽 기도를 위해 세수를 하다 보면
월경 같은 뜨거운 것이 터널을 빠져나온다

코피를 멎게 하려고 물구나무를 서다
새벽하늘 슬픈 별을 보았다
아무도 없는, 썩어 가는 작은 공간에서
수갑처럼 옥죄는 그리움을

멈출 생각이 없나 보다
술잔에 불을 붙이듯 밀려오는
열기가 참을 수 없는 존재의 아픔을
대변한다

굴비처럼 묶였던 손등에 떨어지는
싸늘한 무덤의 흔적을 발견하고
차가운 별의 온도를 잰다

꽃잎 속에 꽃이 없다

구름 속에 구름이 없다
희멀건 눈물만 잔뜩 고여 있을 뿐

바람 속에 바람이 없다
아스라이 쓰러지는 속 좁은 내 자존심의 바닥에
절규만 소쩍새 마을에 메아리칠 뿐

꽃잎 속엔 꽃이 없다
벌이 짓밟아 뭉개도 말 한마디 할 수 없는,
다 썩어빠진 속살만 덩그러니
쓰디쓴 미소를 흘릴 뿐

세월의 뒤안길에 숨어 있는 세월만
말없이 나를
끌고 갈 뿐…

천년의 하루

날이 밝으면
날파리는 어김없이 죽는다
지천으로 널려있는 날파리의 주검은
썩은 세상을 다시 태어나게 한다

어둠이 있어야
세상을 활보할 수 있고
빛이 있어야 춤출 수 있는 날파리는
하루살이 인생이다

무엇이 그리 애달팠던가

너의 하루는
나의 천년일 것인데

세월의 뒤안길에서

오월의 아침,
동창이 밝았습니다
뿌연 하늘엔 종달새 지저귀고
밤새 서러운 맘을 종식시키고 있습니다

하이네의 계절이 저무는
시간입니다

시냇가 버들강아지는 피었다 지고
부질없는 세월은
기약도 없이 나를 붙잡아두고 있습니다

콘크리트 십오 척 담장 위엔
제비 두 마리
입을 맞추며 세상의 안팎을 넘나들고

아카시아 꽃향기에 밀려오는 그리움은
가슴을 흔들고
발바닥을 간질이고 있습니다

세월의 뒤안길에 밀려온 황혼,
어느새 내 눈가에
별빛 자국만 내려놓고 갑니다

억장이 무너질 때

화장실 가다 보았다
겨울비 내리는 어느 날 오후

하늘에서
썩은 눈물이 보리알처럼
엄습해 왔다

도적놈,

어제 온 편지는
최루탄으로 쓴 글인지
어이없는 콧물을 수도꼭지에
막걸리처럼 쏟아붓고 있었다

낸들 알랴
제발 나오지 말라는 부모님의 각별한 눈총인지
눈 딱 감고 도장 한 번 찍어달라는
낙엽 구르는 소리인지

분명한 건,
오장육부 뒤틀리는 설움이
폭풍처럼 덮쳐 와도
슬픔을 슬픔이라 말할 수 없다

창窓

스산한 바람 스멀스멀 입실하는 창가엔
꿈처럼 펼쳐진 새벽안개가
병신 같은 별빛에 농락당하고
추락하는 비행기에 억지로 매달려 이송을 간다

가라앉은 하늘 위에 멍하니 떠도는
구름 한 조각,
욕정을 참지 못해 애태우는
파시파에*의 조각난 거울처럼
안개비로 쳐들어왔다

엿가락처럼
휘어지지 않은 곰삭은 철창은
고향의 쇠똥 냄새를 풍기고

부패한 나팔 소리는 창틀에 걸려
도적놈의 변명처럼 궁시렁대며
싸늘한 담요를 싹쓸이해간다

---

* 그리스 로마 신화의 등장인물. 미노스와 결혼하지만 미노스가 흰 소를 빼돌리고 다른 소를 포세이돈에게 제물로 바친 일로 분노한 포세이돈의 저주를 받아 흰 소를 사랑하게 된다.

지난겨울 함박눈은

봄이 되자 하늘하늘

솟구치며 두 줄기 욕망으로 살아난다

봄은 그렇게

너로 말미암은
보리알 같은 빗방울이 뚝뚝
애달픈 땅을 쉴 새 없이 적십니다

해맑은 눈동자
정다운 님은 어디 가고
슬픈 목련 망울들만
터져 나옵니다

그 많던 눈꽃 송이 어디 갔는지
오늘은 헐벗은 송백 가지에
촉촉한 그리움으로 저려옵니다

누구라서 서럽지 않을까요
바쁘기만 한 어린 풀잎은
눈물겹도록 읊조리는데
재판 대기 중인 수인처럼 그렇게

오늘을 애태웁니다

봄날 아침

졸린 눈 비비며
궁상떠는 화창한 날 아침엔
아직 피지 않은 꽃잎이
바람처럼 눈물을 쏟고 있다

저 담장 너머엔
버들강아지 졸졸졸 꼬리 치며
바다로 바다로 꿈에 부푼 항해를 할 텐데

눈먼 꼴뚜기 마냥
뒤집히는 내 가슴엔 한 덩어리
눈 뭉치가 녹지 못해 사경을 헤맬 뿐!

무엇하나
이름을 붙이기엔
아직 낯선 아침

십오 척 담벽 썩은 귀퉁이엔
만고에 쓸모없는 잡초 한 잎
초연한 부활을 꿈꾸고 있다

이슬이 세상의 장례를 준비하는 밤에

창문을 열고 누우면
검은 하늘이 봄처럼
내 맘 깊은 곳에 와 닿는다

세로로 늘어진 철창 사이로
머언 먼 고향의 쇠똥 내음 파도처럼
침투해 오는데

모래만큼 널브러진 밤의 여왕
별들은 오간 데 없고 인공위성처럼
갈 곳 잃은 눈동자만 멀거니
울 속의 나를 감시하는가

이불을 걷고 창가에 서면
꽁보리밥처럼 시커먼 한숨
양념도 없는 구만리 같은 내 목에
촉촉이 스며든다

이슬이
세상의 장례를 준비하는 얕은 밤에

봄장마

황소울음 같은 천둥이 만산에 메아리친다
합선된 전기처럼 번개가 번쩍!

짙게 깔린 구름 사이로
억수 같은 눈물이 쏟아진다
봄장마인가
오늘 비는 봄비라 부르기엔 너무 무겁다

고갈된 마음 적시기 위해 이리도 슬피 우는가
꽉 메인 못난 가슴 뚫어주려고 이리도 요란한가
밤하늘에 울리는 소쩍새마냥 서럽지만 않은 오월의
파아란 비

오월은

신록의 계절이라는 오월
화창한 봄날
울 엄마 세상을 버리신 달

저만치서 들려오는
고물 자동차의 액셀러레이터 소리처럼
정겹지만은 않은 오월
봄날
첫사랑 미호와 헤어지고 진탕 술독에 빠져
죽을 뻔했던 달

잔인하다는 사월 목련은 죽어버리고
백설공주처럼 자신을 뽐내고 싶은
오월
인간 같지 않은 인간이
인간의 탈을 쓰고
세상을 아스라이 헤엄쳐 건너온 달

쏙쏙쏙 돋아나는 푸른 옷의
설익은 가시처럼
뜨거운 태양을 멍들게 하는
오월

나 아닌 내가
또 다른 내가 되어
굴비꾸러미에 엮이던 날

소쩍새

소쩍새 우는 곳에 가본 사람은 없습니다
아니,
갈 수가 없습니다

너무나 구슬프게 웁니다만
누구 하나 늘
달래주고픈 마음의 여유가 없습니다

밤하늘에 반짝이는 별들도
저어
소쩍새마냥 슬퍼 보질 못했기 때문입니다

그래서
밤은 언제나 서럽습니다
그리움 때문만은 아닐 텐데요

오월 숲속에 나타나야 할
또 한 마리 소쩍새
영영 올 수 없는 것도 아닐 텐데…

통증

주님께서 쓰신 가시관 고통만큼이야 하겠소만
못에 뚫린 손과 발의 통증만큼이야 하겠소만
창검에 찔린 가슴에 고인 피눈물만큼이야 하겠소만
예리한 칼에 찔린 듯 어머님의 쓰린
가슴만큼이야 하겠소만
오늘은 온몸이 미치도록 쑤신다

해가 갈수록
달이 갈수록
날이 흐릴수록
비가 내릴수록
더해가는 통증

오! 하느님
나의 하느님
나의 주님, 이 몸 이제 당신께로
가고 싶습니다

거둬 주옵소서
거둬 주옵소서
어서어서

뻐꾸기

뻐꾸기가 울고 있다
금년 들어 처음 듣는 소리였지만
언제나처럼 내 귀엔
익숙해져 있었다

신록의 계절
봄이 배척당한 듯 뻐꾸기는 만산에 메아리친다

하늘은 맑고 땅은 푸른데
어디 하나 눈물 자국 없는 곳이 없다

성당의 종소리 은은히 들려오는 일요일
화창한 날씨만큼이나 내 마음은 밝지 않지만
씁쓸하지만은 않은 뻐꾸기 소리가
늑대의 고독한 외로움을 달래준다

제 2 부 눈을 감으면

아카시아 꽃

아카시아 꽃내음을 맡았습니다
이빨이 아파 의무과에 가는 길
코딱지만 한 창살 사이로 작고 하얀
꽃잎이 나풀나풀 손을 흔들어 보였습니다

담장 밖 뒷산 속엔 고독한 영혼들이
아카시아 향기를 마시며 눈시울을 적시듯
이내
설움을 토해 냅니다

나는 무의미한 시선을
더 이상 그곳에 방치해둘 수 없어서
꽃잎의 반대편으로 고개를 돌리고
혼자 가만히 웃었습니다

비

비가 옵니다
천둥 번개 세상 불 밝히더니
벼락이 잠자던 나의 뇌리를 일으켜줍니다

초하루,
만물이 성장하는 계절 유월이
어둠과 함께 빗물 되어 등장합니다

가로등 밑에 쏟아지는 빗물을 세어보노라면
주마등 같은 옛일들이 계절처럼 튕겨져 나옵니다
개구리도 땅속에서
부활하듯 개굴개굴 말문이 터집니다

여름 속엔 항상

뻐꾸기 우는 아침,
여름인가 봅니다
긴 소맷자락 간간이 나풀대는 초여름이긴 하지만
단 내음 물씬 풍기는 여름 소리가
후덥지근 들려옵니다

여름 속엔 항상 차디찬 겨울이 있습니다
아무리 태양이 육신을 감싸고 쥐어짜도
내 몸 어딘가엔 얼음보다 더한
이데올로기가 있습니다

까치도 분주히 소리치는 아침,
하늘은 그리 맑지 만은 않습니다

동창의 빛은 아직 소나무 키조차 넘지 못하고
숨죽인 바람은
금방이라도 눈물을 뿌릴 것만 같은데
내게는 아직,
한겨울의 발라드가 뇌파 깊숙이
너울댑니다

천년의 노래

오늘이 천 년이다

오늘 지나면 다시
천년이 시작되고
나는 천년 전 사람이다

누가 알겠는가

나도 모르고
그대도 모른다

다시 천년 후에
우리 다시 만나자

눈을 감으면

눈을 감으면
떠오르는 세상, 그런 꿈
꿈이 있어
지겹도록 질긴 인생

사는 게 사는 게 아니야
죽음보다 더한 고통
차라리 내게 그게 행복이었어

얼마나 그리운 저곳이기에
이토록 눈물이 바다를 이뤄도
종이배 한 척 띄울 수 없는지

바람 속 실려 오는
붉은 햇살이 오늘은 유독
우습게만 느껴진다

낮달

벌건 대낮에
생기다 만 희뿌연 달이
지구 위에서
변기 위에 앉은 나를 감시하는데
나는 별로 기분이 좋질 못해
하던 일을 멈추고 달에게 소리쳤다

달은 빙그레 웃으며 제 몸속의 지구를
내게 보여줬다
달 속에는 또 다른 지구도 있었고
지구 속엔 또 다른 달이 떠 있었다
달이 소리쳤다
그게, 나라고

그믐달

저 달 속에는
나의 슬픈 얼굴만 들어있는 것이 아니었다

보라!
수많은 고향산천 나무들
푸르다 못해 붉디붉은 저 달 속에
지나온 추억의 그림자

님은 갔지만
각본대로 짜여진 이별 연습은
더 이상 슬프지 않은
현장 스케치

누가 그랬던가
달은 내 마음의 창이라고
저 달은
영혼과 육신을 갈라놓는
심판자인가

낸들 어찌 알랴

구름은 어디에도 없었다
잿빛 하늘 뻥 뚫린 마음속엔
눈물만이 소리 없이 내리는데
어디 한 곳 의지할 곳 없었다

세찬 바람 거친 내 얼굴에 입맞춤을 해도
시원한 전율은 담 넘어 뒷산 소나무에서
살랑거릴 뿐
구름은 어디에도 없었다

낸들 어찌 알랴
구름 속 피어나는 그리움이
새록새록 안아주는 연인이라는 걸

여름은 늘

바람 없는 하늘엔
잿빛 가로등만이 귀뚜라미 소리에 눈곱을
부비고 있습니다

아침인데 동창의 빛은 더 이상
웃음을 지울 수가 없나 봅니다
간밤에 꾼 꿈이 너무 망측해서인가 봅니다

이별 속 또 다른 이별은
만남 속 또 다른 만남을 위한
몸부림이 아닐는지요

여름은 이래서 늘 습한가 봅니다
눈물조차 건조한 여름,
이 여름을 나는 심술쟁이 사탄이라
부르고 싶습니다

만인의 이마에 갈매기를 그려 넣는
못된 그림쟁이가
이 여름을 팔팔 끓이는 까닭입니다

머잖아 무서리 내리고
바람 속에 흐르는 눈물은
꽁꽁 언 동태가 될 텐데

거미줄

임전무퇴
준비태세를 갖춘 거미는 죽은 듯 침묵한다

희미한 불빛 아래
그물처럼 촘촘한 거미줄에
술 취한 풍뎅이 한 마리 느닷없이
날아들다 걸렸다

뒤늦게 자신의 처지를 알아채고
몸부림을 치며 탈출을 시도해 보지만
용수철처럼 흔들리는 그물은 점점 더
옥죄기만 한다

최후의 발악
오르가슴을 느끼듯 풍뎅이는 부르르 몸을 떨고
마음을 비운 듯
세상을 포기한 듯
한순간 고요해진다

이때다 싶어
쏜살같이 달려온 거미는 시체를 염하듯
풍뎅이 몸통을 오랏줄로 칭칭 감는다

포식한 거미는 여유를 부리고
별똥별처럼 날아든 날파리는
쳐다보지도 않는다

시간이 느리게 지나간다

모기

네가 먹어야 얼마나 먹겠냐
네가 살아야 얼마나 더 살겠냐

그래!
먹을 테면 먹어봐라
이 몸이 썩을 대로 썩어 미라가 될 때까지

그래!
얼마든지 간질여 봐라
웃다가 죽으면 때깔도 좋다는데,

네가 살면 얼마나 살겠냐
그래
배가 터져 죽을 때까지
흡혈귀가 돼 보거라

뽑으라면 뽑지

더 이상 버릴 것이 없다
피와 눈물
영혼 육신 모두를 영치시켰는데 이제 와 뭘,
더 버리라는 건가
간 쓸개 다 빼내서
음식을 맛있게 차려줬건만
이토록 고통이 끊임없이 내리는 건
뼛속의 물까지 몽땅 뽑아내라는 건가
그래!
뽑으라면 뽑지
더 이상 버릴 것도 없는데
가루가 되어 구천을 맴돌더라도
이승서 못다 한 시련
눈물이 꽃잎 될 때까지
그래
뽑으라면 뽑지

돌이켜보면

돌이켜보면 모두가 깨진 그릇투성이이다
가슴이 찢어지고 머리가 터질 것만 같다
화창한 오월 하늘에 돌을 던질 일은 없다
죽음을 희망으로 삼은 나에게
"더 이상의 고통은 없으리라"
나는 굳게 믿고 있다
그러나
아! 하늘이여
무엇이 그토록 억울하여 눈물을 흘리나요
그냥 덧없이 왔다 가는 삶,
억제할 수 없는 분노가
죽음보다 서러운
용광로로 끓어오른다

초 여름밤 모기들의 아우성은
깊어 가는데

유월의 어느 일요일

유월의 어느 일요일

하늘은 맑아 구름 한 점 없고
창밖엔 참새가 노래하는
시원한 초여름 한낮입니다

어제의 무더위를 생각하면
낮잠은커녕 숨쉬기조차 거부하고 싶은데
왠지 오늘은 웃음이 절로 나옵니다

티브이를 보고
편지도 쓰고
고향의 가족 친지 생각에
서산으로 넘어가는 햇살조차 못내
아쉽습니다

달궈진 벽 속에서
뿜어내는 밤의 열기가 나를
뜨겁게 합니다

어머니

한국적인 미인이고 현모양처였던 나의 어머니,
그 기억이 너무 짧다

암에 걸려 고통에 허덕이면서도 세 살배기
동생에게 젖을 물려주시고
여섯 살이던 내게 주의 기도를 가르쳐 주시던 어머니,
손수 끓인 칼국수는 동네 제일이라던
어질고 곱던 나의 어머니,

잔소리 심한 시어머니 밑에서 불평 한번 안 하시고
궂은일이건 고운 일이건 손발이 다 닳도록
허리춤 옭아매시고
"하느님을 믿으세요,
주 예수를 믿으세요" 온 동네 전도하며
이웃사촌 모두를 천주교 안에 한 형제로 만드시고
성당 일이라면 밤이고 낮이고 고통도 잊은 채
당신을 봉헌하신 강릉댁 나의 어머니,

내 작은 기억 속 차디찬 땅속에 고이 잠든
선녀보다 아름답던 당신의 고운 모습
닭똥 같은 눈물 떨구시던 아버지의 배웅을 받고
먼 길 떠나셨다
“야훼 나의 목자 아쉬울 것 없는 자
파아란 풀밭에 이 몸 뉘어 주시고
고이 쉬운 물터로 주 나를 이끌어주네”
어머니는 알고 계실까?
나의 아버지 가신 그 별을,

어머니!
어머니!
소리 내어 불러 본 기억조차 희미한
사랑하는 나의 마리아
나 죽어 당신 별에 간다면
이생에 못다 이룬 사랑,
한없는 어리광으로 함께하렵니다

제 3 부
오늘 같은 날이면

뿌리 깊은 장마

본격적인 무더위가 시작되는가 싶더니
오늘은 아침부터 비가 유난을 떱니다

장마가 시작되려나 봅니다

괜스레 마음이 울적하고 착잡해지는데
지난 세월 썩은 감정들이
파노라마처럼 스쳐 지나갑니다

그래도 용광로처럼 끓는 몸보단 낫지만
빗물은 세상 떠난 영령들의 눈물 같기만 해
씁쓸하기 그지없습니다

입맛이 없고 무기력해지는 시간,
뿌리 깊은 무좀처럼 좀체 낫지 않는
고독과 그리움은
빗물 속에서도 나를 괴롭힙니다

어긋난 정강이 뼛속에 사무치는 향루처럼
여름은 이제 기다릴 수 없는
사랑이고 싶습니다

빗물은 이제
환희의 절정을 넘어가는 물결인가 봅니다

시간의 경계

억수같이 쏟아지는 장맛비 때문에
아침부터 심술이 납니다

좋은 생각만 해야지 하면서도
자꾸만 떠오르는 죽음의 사신들은
나를 벼랑으로만 몰아
가슴이 터질 것만 같습니다

나의 슬픈 영혼은
오늘 같은 날이면 늘 곁에 없어
내 몸을 응고시키고 맙니다

장마가 끝나려면
아직 보름이나 남았는데

어떡해야 할지
속 타는 가슴은
막힌 하수구에 처박혀
시간의 경계를 넘고 있습니다

오늘 같은 날이면

빗물이 한없이
꽂히는 날이면
나는 늘 엄마 품이 그리웠습니다

엄마 품을 떠난 지 삼십 여년
따스한 체온이 아직도 남아있는 건
세상과의 외로운 투쟁이
너무나도 고독했기 때문입니다

뜨끈한 칼국수와
막걸리가 먹고 싶은 비 내리는 날이면
고향 집 화툿장처럼
눈가엔 이슬 꽃이 피어납니다

어디론가 떠나고 없는
딸의 모습이
산 너머 물안개처럼
나타났다 사라집니다

어머니 기일에

비가 오는데
어디선가 개구리 울음소리
창문 열고 들어옵니다

어머니의 서글픈 세월을 한탄이라도 하듯
하루 종일 비가 내립니다

모처럼 동생들과 한자리에 모여
수박, 참외, 딸기 한상 차려 놓고
그윽한 술잔에 따르고
눈물의 삼배를 올렸지요

어언 30년,
뒷산에 고이 잠든 엄마를 깨우려고
울고불고 통곡하던 여섯 살 어린애가
어느덧 불혹을 바라보고 있네요

모진 풍파 온갖 설움 다 받아 마시며
십자나무 아래 드넓은 광야를 달리는
그날이 이토록 길어질 줄이야…

차마 말로 다 할 수 없는 한을
불효막심한 아들이라 책망 마시고
장맛비 흘러넘치듯
한잔 술에 용서를 빕니다

박세리, 박찬호

니들이 뭔데
나의 긴 하루의 기분을 좌우하나

골프의 골자도 모르는 내가
호수에 빠진 골프공을 맨발로
그린 위에 올려 단숨에 우승을 거머쥐는
투혼의 승전보에 이다지도 설레하는가

K리그도 아닌데
박찬호가 소속되어 있다고
머나먼 바다 건너
엘에이다저스 야구단을 응원하느라
새벽부터 마음 졸이는가

오늘 하루는 행복할 예정이다
박세리가 우승을 했다
그토록 염원하던 1승을 올린 지 겨우
2주 만에 2승을 올렸다

내일도 행복할 예정이다
박찬호가 분명히
10승을 올릴 것이기 때문이다

그런데,
내 가슴 한편 무거운 응어리는
이젠 나만 잘하면 될 것이기 때문이다

자유를 꿈꾸는 나비

나는 이미 죽었습니다
목 매인 황소처럼 두 눈 깜빡이며
세월만 되새김질하는 나는 이미
구천을 떠도는 악령입니다

비가 오면 빗속에서
눈이 오면 눈 속에서
허허롭게 눈물짓는 짐승입니다
높은 산 깊은 골을 지나
숨 막히는 동굴에 갇힌 정령입니다

나는 이제 일어설 수 없습니다
송장처럼 꽁꽁 묶인 채로
관속에서 세월만 응시하는 나는 이미
어둠의 빗물입니다

다시 태어난다면
어디든 자유롭게
산 넘고 물 건너
꽃향기를 찾아가는 나비가 되고 싶습니다

검정고시를 보고

"합격증"
"고등학교 졸업학력 검정고시"
날아갈 것 같다
20년 만에 받은 졸업장이다

자유롭지 못한 시간 속에서
만학의 꿈이 이루어졌으니 이제 난
여한이 없다

얼마나 애태우던 졸업장이던가
고등학교 2학년 중퇴 후
하고 싶어도 할 수 없었던
끝없는 방황의 시간들을 보상받은 기분이다

학수고대하던 그날이
이제야 왔으니
그래, 다시 살 것이다
남들만큼 배울 수 있는 길이 있다면
대학도 대학원도 도전할 것이다

그리하여
못다 푼 한을 꼭 풀고야 말리라

가을밤이면

입추도 지났고
처서도 지났다
어느새 또 가을이 나를 부른다

낮엔
높푸른 하늘에서 잠자리 떼 춤추고
밤엔
싸늘한 담장 옆 풀밭에서
귀뚜라미 애절하게 노래하며
내 가슴을 울린다

오곡백과 풍성한 들판에선
촌뜨기 어린 추억들이 뛰놀고
울긋불긋 단풍 든 산자락에선
풀벌레 울음소리 계절을 재촉한다

고향산천 머언 발치에서
바라보고 계실, 어머니 아버지
긴긴밤 지나고 나면
다시 뵐 수 있을까

낙엽처럼 떠나야 한다

그대여,
이제 가야 한다면 가야지요

더 이상 찾을 것도
더 이상 볼 것도 없는
누군가 밟고 지나간 그 자리,

이젠 더 이상 머무를 수 없어
정녕 가야 한다면 가야지요

저 푸른 능선 넘어 영원의 뒤뜰이라도…

눈물 되어 떨어지는
만추의 시간,
내 지나온 흔적들이 악몽처럼 부활하는
빙하의 심연일지라도
한 줄기 바람이 불어온다면
정녕 떠나야지요

서러웠던 순간 모두 다 풀어놓고…

가을이여

해가 가고 달이 가고
눈비 오기를 수십 번
잎이 나고 꽃 피운 지 얼마였던가

창밖에 떨어지는 낙엽 속엔
시들어가는 이 마음
풀벌레 울음처럼 슬프기만 하다

일장춘몽 같던 한바탕 내 인생은
높디높은 가을 하늘처럼 멀기만 한데
허전한 심연 속엔
차가운 이슬만 자꾸 쌓여간다

낮이면 잠자리처럼
밤이면 귀뚜라미처럼
춤추고 노래하고픈 육신을
가을바람에 실어
님 계신 곳으로 띄워 보낸다

아! 가을이여
무서리 내리는 싸늘한 어둠 속
가을이여,
목석 같은 시간을 불러와
나를 뜨겁게 물들여 놓았으면

함박눈

언제 봐도 고향의 풍경처럼 포근한
눈이 내린다

그대 오시는 길목,
설레는 눈빛이 되어
함박눈이 내린다

활짝 핀 눈꽃 송이는
산과 들을 평등하게 덮고
천 년의 무게 같던 마음도
하얗게 치유한다

어둡고 좁은 터널 동행하던
내 동생의 마음도 조금은 가벼워지려나?

아!
이제 다시 새로운 세상을 알리는
첫눈이여
기왕 내릴 바엔
온 세상이 다 묻히도록

밤낮없이 내려
내 심연의 이불을 덮었으면…

새 천년의 첫 아침에

천년이 갑니다
다사다난했던 천년이
머언 태곳적으로 달음질쳐 갑니다
내가 지은 수많은 죄들도
과거의 기억 속으로 멀어져갑니다

0시, 1999년의 마지막이 저물고
보신각의 타종소리가
들리지 않아도 나는 압니다

천년을 삼켜버린 한은
이제 끝났습니다
세상의 모든 고뇌와 번민과 함께
나는 이미 죽었습니다

2000년 아침이 밝았습니다
세상은 장엄하게 부활했습니다
그토록 오두방정을 떨던 Y2K*도
허구였다는 걸
확인하는 아침입니다

---

* 1999년 2000년을 앞두고 당시 컴퓨터가 2000년 이후의 연도를 제대로 인식하지 못하는 버그를 가리키던 말.

나는 이미 내가 아닙니다
천년을 오가는 긴 어둠의 터널은
내가 벗어나야 할 그물입니다

주여, 이젠 용서하소서
동생 가족 모두에게
행복한 삶을 주소서
세상의 모든 사람들에게
평화를 기도합니다

새로운 천 년이 시작되었지만
세상은 어제와 다름없고
나는 어제의 그 공간 속에서
숨죽이고 있습니다

첫눈이 내리던 날

밤새 내린 첫눈은
용광로 같은 내 맘에 쌓이고 쌓여
12월로 향한
나의 서시가 되었습니다

산도 들도 나무도
까마득한 담장도
모두 새하얀 평등으로

소복소복 그리움을 채우고
별빛을 채우고
빈 하늘 가득
세상을 향한 등불이 되었습니다

궂은 날

궂은 날 부는 바람은
어머니의 회초리
엄동설한 눈발은
할머니의 잔소리

자나 깨나 붕어처럼
벙긋벙긋
입만 벌리고
소리는 안 나오는

궂은 날은
가슴 속으로 모닥불 하나 지펴 놓고
강으로 바다로
한없이 달려간다

내 마음도 덩달아
궂은 하늘을 날아
날아갔으면

만남

만남은 헤어짐을 위한 연습인가

수많은 사람들과 만나고
헤어지고
기쁨과 슬픔을 나누는 동안
내 마음도 희로애락
너울너울 출렁인다

운명처럼 만나고
운명처럼 헤어지고
흙으로 돌아가는 동안
눈물로 삶의 싹을 틔운다

오늘
그대와의 이별은
만남을 위한 연습인가

제 4 부

명예

안개꽃

따스한 바람이 부는가 싶더니
봄이 왔다

창가를 가득 메우던
성에꽃도 지고

깊은 골짜기에서
흘러 내려오는 물소리

내 몸의 핏줄을 돌게 한다

마음속 깊은 곳에
안개꽃 꽃송이
별처럼 피어난다

일요일 아침에

지금 내 마음은
거울에 비친 햇살 같습니다

지금 내 사랑은
삼십 척 담장에 떨어진
그림자 같습니다

지금 내 기분은
찬란한 호수에 떨어진
돌멩이 같습니다

계절을 거슬러 온
오늘은
바람마저 잠들었습니다

나의 별

아무리 목을 빼고 보아도
나의 별은 도무지 보이지 않습니다

지금쯤 고향의 언덕에는
코스모스 맨드라미 피어나고 있을 텐데

내가 가야 할 별은
아득하기만 하다

어리석은 세상에 오래 머무르면
별도 가려지는 것인가

가만히 눈을 감고
가슴 속의 별을 생각한다

반달

새벽달은 언제나 반달입니다

보름달이 떠도
반달입니다

초승달이 떠도
반달입니다

반은 내가 채울 수 있기에
반은 그대가 채울 수 있기에

새벽달은 언제나 반달입니다

멍에

나에게는 평생
씻어낼 수 없는 멍에가 있습니다

한 번의 실수로
한 번의 감정으로
지워지지 않는 상처의 흔적을 남겼습니다

이젠 용서를 빌어야 합니다
무릎을 꿇고
가슴을 바닥에 대고
오체투지로 삼천 배를 올려야 합니다

내가 지고 갈 멍에도
상처로 얼룩진 흔적도
모두 다비식을 하듯 태워야 합니다

맑은 날
감히 하늘을 쳐다볼 수 없는 마음으로
구름 지게를 끌고 가야 합니다

생각을 생각하다

아침에 일어나서
생각하는 것과
점심밥을 먹고
생각하는 것은 다르다

하루해가 지고
생각하는 것과
잠자리에 들 때
생각하는 것은 다르다

꿈속에서
생각하는 것은
꿈을 깨고 나면
그리움으로 남는다

오래된 그리움은
생각에서
생각으로 이어진다

천사 같은 계절

봄이 오고 있다

사방에 꽃잎이 번진다

눈 닿는 곳마다

새싹이 돋아난다

아이들의 웃음소리도 번진다

나비가 날아오른다

생일 아침에

새벽 기도를 마치고
생각해 보니
오늘이 내 생일이다

미역국도 없고
촛불도 없고
케이크도 없다

친구도 없고
가족도 없다

오늘 하루가 길다

회상 1988

한 잔의 커피 속에는
한 아름 사랑이 숨어 있습니다

뜨거워 단숨에
마실 수 없는
젊은 날의 추억이 있습니다

섬강을 따라가며
푸르게 시린
하늘을 바라보던 꿈이 있습니다

무엇 하나 겁날 것 없던
청춘의 내 모습이
반짝이고 있습니다

그냥 그렇게

갔다가 오고
왔다가 가고

쉼표는 눕고
따옴표는 날아가고
마침표는 울고

그냥 그렇게
괄호 안에서는
사랑을 하고

비 오는 날 민들레

노란 민들레 한 송이
비를 맞고 서 있다

눈물 뚝뚝 흘리며
구름의 날개를 붙잡고 서서

멀리서 온 기억을 찾아가려고
흔들흔들

바람의 어깨에 기대어
마음을 흔든다

귀거래사

나 돌아가리라
물안개 피어오르고
가로등 불빛 찬란한
그곳으로

춤추는 별빛
밤새 쏟아져 내리는
골짜기로

꽃 피고 새가 울고
정든 이의 목소리가
이명처럼 남아있는 곳

그곳으로
나 돌아가리라

새벽 비

새벽 비가 내린다

내 마음 어찌하라고
갈 데 없는
불빛처럼
새벽 비가 내리나

밤새 누구의 슬픔을
데려왔길래
쉬지 않고
새벽 비가 내리나

이 비 그치고 나면
내 마음 어찌하라고
새벽 비는 내리나

겨울비

한겨울인데 비가 내리는 것은
누군가 나를
보고 싶기 때문이다

한겨울인데 비가 내리는 것은
내가 누군가를
보고 싶기 때문이다

겨울비가 오고
누군가가 온다면
나는 좋겠다

첫사랑

언제 만날 수 있을까
그 사람,
어디 산다는 소식도 모르고
누구하고 산다는 소식도 모르는데

언제 만날 수 있을까
그 사람,
본 적도 오래되고
나이도 먹었을 텐데

다시 만날 수 있을까
그 사람,
멀찌감치라도 얼굴 한 번 볼 수 있으면
좋으련만

그 사람,
나를 알아볼 수 있을까

해설

별빛의 무늬로 슬픔의 계단을 고인다

– 엄현국 첫 시집 『자유를 꿈꾸는 나비』를 읽고

김남권(시인, 계간 『시와징후』 발행인)

별빛의 무늬로 슬픔의 계단을 고인다

– 엄현국 첫 시집 『자유를 꿈꾸는 나비』를 읽고

김남권(시인, 계간 『시와징후』 발행인)

엄현국의 시, 「시詩」, 「별의 온도를 잰다」, 「꽃잎 속에 꽃이 없다」, 「세월의 뒤안길에서」, 「천 년의 하루」는 계간 『연인』 2023년 겨울호 신인문학상에 당선된 작품이다. 엄현국의 시편들은 내면의 심상을 그리움의 모토로 진솔하게 그려내며 때로는 현실 세계 속의 고립을 떨쳐 내려는 몸부림으로 보여주고, 가슴 속에 녹아 있던 서정성의 카테고리를 무리 없이 이미지화하고 있다는 특징을 보여주고 있다.

오랫동안 습작한 내면의 사유들이 진솔하게 녹아 있는 엄현국의 시는 자연과 생명, 동경과 깨달음의 경계를 넘나드는 기억들을 환유하고 있다.

'시가 떠도는 하늘엔/슬픔이 잔뜩 웅크리고 있습니다'(시詩, 1연)에서 보여주듯이 시를 공감각적인 상징으로 내면화하고 있는 표현은 예사롭지 않다. '굴비처럼 묶였던 손등에 떨어지는/싸늘한 무덤의 흔적을 발견하고/차가운 별의 온도를 잰다'(별의 온도를 잰다, 4연)는 코피가 터진 날 밤하늘을 올려다보며 차갑게 떨어지는 눈물을 슬픔으로 정형화하고 있다.

'꽃잎 속엔 꽃이 없다/벌이 짓밟아 뭉개도 말 한마디 할 수 없는,/다 썩어빠진 속살만 덩그러니/쓰디쓴 미소를 흘릴 뿐'(꽃잎 속에 꽃이 없다, 3연)은 역설 속의 반전이 숨어 있는 시의 울림은 꽃잎이라는 희망적 상징이 절망의 상징으로 전이되는 순간을 노래하고 있다.

'아카시아 꽃향기에 밀려오는 그리움은/가슴을 흔들고/발바닥을 간질이고 있습니다'(세월의 뒤안길에서, 5연)에서는 그리움이 단순한 심상에서 벗어나 구체적인 행동으로 나를 흔들고 있음을 보여준다. '무엇이 그리 애달팠던가//너의 하루는/나의 천년일 것인데'(천년의 하루, 3/4연)라면서 날파리의 운명을 자신의 운명에 비유한 화법은 스스로를 향한 연민과 자기 회복의 가능성을 보여주고 있다.

안도현 시인은 시 「꽃」을 통해 "입안에 가득 피, 뱉을 수도 없고 뱉지 않을 수도 없을 때 꽃은 핀다"고 시를 쓰는 이유에 대해서 밝히고 있다. 시인은 일부러 시를 쓰는 것이 아니라 쓰지 않으면 안 되기 때문에 쓰는 것이다. 사물을 보고 사람을 보고 풍경을 보더라도 저절로 기억의 창고 속에서 떠오르는 언어의 씨앗들이 말할 수 없이 가슴을 출렁거리게 하기 때문에 시를 쓰는 것이다. 꽃이 피는 이유를 안다면 시인이 시를 쓰는 이유도 공감이 될 것이다. 꽃에게 물어보면 시인의 유전자가 꽃대 가득 머물고 있다고 말할 것이다. 하물며 자기 생의 절반 이상을 영어의 시간 속에서 보낸 사람이라면 그의 가슴 속에 흐르는 언어의 빛깔은 이미 붉게 물들어 쏟아질 채비를 마친지가 오래되었다는 뜻이다. 그 마음의 행간을 따라가는 독자의 심정으로 60여 편의 시를 읽어본다면 가슴이 뜨거워지리라.

화장실 가다 보았다
겨울비 내리는 어느 날 오후

하늘에서
썩은 눈물이 보리알처럼
엄습해 왔다

도적놈,

어제 온 편지는
최루탄으로 쓴 글인지
어이없는 콧물을 수도꼭지에

막걸리처럼 쏟아붓고 있었다
낸들 알랴
제발 나오지 말라는 부모님의 각별한 눈총인지
눈 딱 감고 도장 한 번 찍어달라는
낙엽 구르는 소리인지

분명한 건,
오장육부 뒤틀리는 설움이
폭풍처럼 덮쳐 와도
슬픔을 슬픔이라 말할 수 없다

-「억장이 무너질 때」 전문

'슬픔을 슬픔이라 말할 수 없다'는 것만큼 참담한 일은 없을 것이다. 그리하여 작중 화자는 '억장이 무너질 때'라고 제목으로 이미 많은 이야기를 하고 있다. 오장육부가 뒤틀리는 설움이란 어떤 것일까? 아마도 자식이 죽었거나 부모와 이별했을 때가 아닌가 싶다. 그런데 그런 슬픔마저도 마주할 수 없다면 참담함은 이루 말할 수 없을 것이다. '억장'은 썩 높은 것, 또는 그런 높이라는 뜻이다. 다른 말로 하면 하늘이 무너지는 것을 여기에 비유할 수 있을 것이다. 하늘은 우리가 믿고 의지하는 마지막 보루가 아니었던가, 그곳에 하느님이 계시는 것도 같은 이유이다.

창문을 열고 누우면
검은 하늘이 봄처럼
내 맘 깊은 곳에 와 닿는다
세로로 늘어진 철창 사이로
머언 먼 고향의 쇠똥 내음 파도처럼
침투해 오는데

모래만큼 널브러진 밤의 여왕
별들은 오간 데 없고 인공위성처럼
갈 곳 잃은 눈동자만 멀거니
울 속의 나를 감시하는가

이불을 걷고 창가에 서면
꽁보리밥처럼 시커먼 한숨
양념도 없는 구만리 같은 내 목에
촉촉이 스며든다

이슬이
세상의 장례를 준비하는 얕은 밤에

-「이슬이 세상의 장례를 준비하는 얕은 밤에」 전문

이슬은 새벽에 내린다. 밤새 누군가는 살아났고 누군가는 죽었을 것이다. 이슬 한 모금의 생명력으로 대지가 가물어도 식물들은 버틸 수 있다. 인공호흡기에 의지해 겨우 숨만 쉬고 물 한 모금으로 생명을 유지하는 사람도 그런 것이다. 죽음은 그리하여 삶의 또 다른 이름이다. 죽음이 대지에 자연스럽게 스며들 수 있을 때 대지는 새로운 생명을 잉태하고 그 열매를 선물로 보여주는 것이다. '이슬이 세상의 장례를 준비하는 얕은 밤'은 그래서 말고 아름다운 순간으로 다시 태어나는 상징적 역설로 보여주는 것이다.

날이 밝으면
날파리는 어김없이 죽는다
지천으로 널려있는 날파리의 주검은
썩은 세상을 다시 태어나게 한다

어둠이 있어야
세상을 활보할 수 있고
빛이 있어야 춤출 수 있는 날파리는
하루살이 인생이다

무엇이 그리 애달팠던가

너의 하루는
나의 천 년일 것인데,

-「천 년의 하루」 전문

하루살이는 하루가 천년이다. 하루살이의 전생은 어디서부터 왔을까. 내가 살아가는 하루나 하루살이의 하루는 같다. 그러나 자유롭지 못한 생을 살아가는 사람은 하루가 천년 같을 것이다. 아이들이 하루가 길게 느껴지는 것처럼, 하루는 살아가는 사람들의 현실에 따라 달라진다. 기다리고 애달프고 슬프면 하루는 길다. 그러나 기쁘고 행복하고 즐거우면 하루는 짧다. 결국 하루의 길이는 고통에 반비례하는 것이다. 고통의 농도를 스스로 즐길 줄 아는 사람이 시인이라면 그조차도 즐길 줄 알아야 할 것이다.

나는 이미 죽었습니다
목 매인 황소처럼 두 눈 깜빡이며
세월만 되새김질하는 나는 이미
구천을 떠도는 악령입니다

비가 오면 빗속에서
눈이 오면 눈 속에서

허허롭게 눈물짓는 짐승입니다
높은 산 깊은 골을 지나
숨 막히는 동굴에 갇힌 정령입니다

나는 이제 일어설 수 없습니다
송장처럼 꽁꽁 묶인 채로
관속에서 세월만 응시하는 나는 이미
어둠의 빗물입니다

다시 태어난다면
어디든 자유롭게
산 넘고 물 건너
꽃향기를 찾아가는 나비가 되고 싶습니다

-「자유를 꿈꾸는 나비」 전문

'어둠의 빗물'인 나는 다시 태어나 새로운 인생을 살고 싶어 한다. 꽃이 피고 새가 날면 나비가 되어 꽃향기를 찾아가는 나비, 어디든지 자유롭게 날아갈 수 있고, 자유롭게 비상할 수 있는 그런 존재가 되고 싶어 한다. 죽은 송장처럼 살아야 했던 비루한 시간들이 시적 화자를 통해 감정 이입하여 다가온다. 우리는 살아가면서 한 번쯤 그런 생각을 한다. 마음은 자유로운데 몸은 구속되어 있어서 쉽게 떠나지 못하고 배신하지 못하고 스스로 묶여서 사는 그런 인생들을 발견하게 된다. 반대로 몸은 자유로운데 마음이 구속되어 있어서 아무것도 할 수 없는 사람들을 보기도 한다. 누가 더 고통스러울까. 별빛은 누구나 볼 수 있다.

밤새 내린 첫눈은
용광로 같은 내 맘에 쌓이고 쌓여
12월로 향한
나의 서시가 되었습니다

산도 들도 나무도
까마득한 담장도
모두 새하얀 평등으로

소복소복 그리움을 채우고
별빛을 채우고
빈 하늘 가득
세상을 향한 등불이 되었습니다

-「첫눈이 내리던 날」 전문

눈은 평등하다. 부잣집 지붕에도 가난한 집 지붕에도 죄인의 지붕에도 천사의 지붕에도 하얗게 내린다. 온 세상이 눈이 오는 동안에는 씻김을 당한다. 그 안에서 우리는 순수해지기로 마음먹는다. 그리고 누군가의 등불이 되어 어두운 길을 밝히 싶어 한다. 눈이 그치고 나면 밤하늘의 별은 더욱 투명하게 빛난다. 그리고 첫눈의 의미를 부여하려 애쓴다. 첫사랑을 생각하고, 사랑하는 사람에게 전화를 하고, 사람의 감정을 느낀다. 빈 하늘 가득 채우며 내리는 첫눈은 그리하여 축복의 위로인 것이다.

만남은 헤어짐을 위한 연습인가

수많은 사람들과 만나고
헤어지고
기쁨과 슬픔을 나누는 동안
내 마음도 희로애락
너울너울 출렁인다

운명처럼 만나고
운명처럼 헤어지고
흙으로 돌아가는 동안
눈물로 삶의 싹을 틔운다

오늘
그대와의 이별은
만남을 위한 연습인가

-「만남」 전문

이제 엄현국 시인은 이별을 연습할 때다. 그가 살아온 과거로부터, 고통과 상처로부터 자유로워지기 위하여 그것들로부터 떠나야 한다. 그리고 새로운 길을 걸어가야 한다. 좋은 기운을 가진 새로운 인연들과 더불어 행복한 꿈을 만들어 가야 한다. 이별은 항상 새로운 만남을 예감한다. 흙으로 돌아간 것들은 흙에서 꽃을 피운다. 잃어버린 청춘을 위해 다시 흙을 추스르고 꽃을 피워야 하난 것이다. 그 꽃잎 속에서 나비가 되어 저 자유로운 창공을 향해 비상을 꿈꾸어야 하는 것이다. 엄현국 시인의 영혼이 상서로운 '만남'으로 시를 노래하는 발걸음을 놓지 않기를 기대한다.